네가 오니
봄도 왔다

네가 오니 봄도 왔다

펴 낸 날 2022년 12월 7일 초판 1쇄

지 은 이 남궁원
펴 낸 이 박지민
책임편집 선명
책임미술 롬디
그   림 민선
마 케 팅 박종천, 박지환

펴 낸 곳 모모북스
서울특별시 동대문구 왕산로81, 203-1호(두산베어스 타워)
전화 010-5297-8303 팩스 02-6013-8303
등록번호 2019년 03월 21일 제2019-000010호
e-mail pj1419@naver.com

ⓒ 남궁원, 2022
ISBN 979-11-90408-29-5 03810

당 신 이 라 는   사 소 한   기 쁨

네가 오니

봄도 왔다

남궁원 지음

모모
북스

prologue

나의 정원에 독자가 찾아 왔습니다.
이거 나름 정성들여 가꿔 봤는데 조금 부끄럽네요.

그렇지만 힘듦을 잊은 채 쉴 수 있는 편한 의자도 있고
기분을 좋게 할 꽃들도 송이송이 있고
혼자가 아니라며 손을 내미는 귀여운 시들도
곳곳에 있으니 함께 놀아요.

그러다 혹시 보석이라도 하나 줍는다면
마음속에 잘 간직했으면 좋겠어요.

귀한 그대를 많이 아끼고 사랑해요.

2022년

남궁원 씀

목차

1장

그대가 오니 핑크빛이었네

2장

오늘도 내일도 화창한 우리

3장

생각하다가 그리워하다가

4장

우리 모두를 사랑해요

I 장

그대가 오니 핑크빛이었네

사랑

어느 정도 희생할 줄 안다면
편해지는 것.

그런 마음을 알아준다면
좋아지는 것.

그래서 조금은 변해줄 수 있다면
오래가는 것.

그것이 사랑이어라.

바람

너의 눈동자 어느 날
수억 개의 별을 담는다.

어여쁜 너의 향기
가슴을 몽롱하게 만든다.

그리고 부드러운 미소,
상냥한 목소리.

꼿꼿했던 나도
쉽사리 흔들리는 갈대가 되어버린다.

이것이야 말로 번뜩
내 사랑에 경보음이 울린 것이다.

함께

고마운 일이 생기면
고맙다고 말해야 한다.

미안한 일이 생기면
미안하다 말해야 한다.

사랑 또한 다를 것 없이 미루지 말고
자주 사랑한다 말해야 한다.

사랑하는 게 없다고?
그건 너무 매정한 소리.

내가 있고 네가 있고
예쁜 꽃이 있고
푸른 하늘이 있지 않더냐.

우리의 인생 옆 자리에는
항상 사랑이 타고 있다.

네가 좋으면 나도 좋다

야채 반찬이 별로인지
두 볼이 아기처럼 빵빵해진 너에게
어제 준비한 고기반찬을 꺼낸다.
"아이고, 고마워요."
초승달 같은 눈웃음을 짓는다.

무언가 기분전환이 하고 싶었는지
거울을 이리저리 보는 너에게
밝은 노란색 나비 핀을 꼽아준다.
"아이고, 예쁘네요."
목소리가 하늘거린다.

키가 작아 야경이 잘 보이지 않는지
까치발을 들고 있는 너를
힘껏 들어 잘 보이도록 해 준다.
"아이고, 좋아요."

기분이 좋아 보인다.

아이고 아이고
나 매니저 하면 정말 잘할 것 같구나.

진심 어린

사랑이 주는 설렘은
내가 어디까지 행복할 수 있을지 알게 하고

사랑이 주는 아픔은
내가 무엇까지 할 수 있을지 알게 한다.

그러면서도 끝끝내
머리부터 발끝까지
나를 알게 되는 이야기다.

때론 착한 놈, 못된 놈, 요상한 놈이
되어버리는 마법에 걸리지만
마음껏 나를 체험할 수 있는 기회이다.

꽃바람이 불지라도
소나기가 내릴지라도

꼭 한번은 겪어야 하는 게
그런 가슴 떨리는 사랑이다.

그런 사랑을 해본 사람만이
자신마저 예쁘게 가꿔줄 수 있다.

짧은 메시지

쉼터 하나 있으면
그늘진 데 있어도 포근하고

예쁜 생각 있으면
마음은 또 얼마나 기뻐.

멀리 있어도
가까운 사람아.

이뤄 주고 싶은
꿈 하나 있다.

그 모든 것이
너였으면 좋겠다.

한 가지

문득 떠오르는 그리움은
사진을 보며 삭힐 수 있었다.

가끔 차오르는 외로움은
소식을 들으며 달랠 수 있었다.

함께 찾아오는 허전함은
추억을 읊으며 견딜 수 있었다.

다만 너를 좋아하는 마음
이것 하나만큼은

그 무엇도 버텨내질 못했다.

다이아몬드

앞에서 보고
옆에서 보고
뒤에서 보고
어느 각도에서도 예쁘구나.

이리 살피고
저리 살펴도
빛나는구나.

어제 봐도

오늘 봐도

내일 봐도

탐나는구나.

너랑 똑같구나.

술래잡기

나는 네게 바랄 게 없다.
나는 네게 욕심낼 게 없다.

다만 소원은 있는데…….
어느 날 네가 먼저 뽀뽀를 쪽 하고 달아나는 것.

나는 한번쯤 그런 애틋한 술래가 되어보고 싶다.

끝없는

오늘도 빛나는 너였다.
나는 그 빛에 눈이 멀 것도 같다.

우리가 각자 집으로 돌아갈 때
너는 마치 붙잡고 싶은 비행운을 남긴다.

나는 그래서 너의 빛이 불안하기도 하고
시간이 미울 때가 있다.

너와 함께하는 이 순간 그대로 영원하기를
매 순간 바라고 있기 때문이다.

마무리

거센 바람 나를 흔들지라도
너 내 옆에 있어
나는 부러지지 않았다.

소란스런 삶일지라도
너 내 곁에 있어
입가에 웃음을
머금은 날이 많았다.

행복했다.
고마웠다.
즐거웠다.
작은 잎새 같은 여린 마음
부끄럽지 않게 지켜낼 수 있었다.

비록 떨어져버린 사연이지만

너 또한 나와 같기를 바란다.

끝까지 잘 살아주는 게
우리의 인연을
아름답게 매듭짓는 거니까.

바보

안 꾸며도 예쁘다는 걸,

보고 또 봐도 보고 싶다는 걸,

계속 손 잡고 싶다는 걸,

그 모습 그대로 있어도 충분하다는 걸,

세상 그 어떤 것보다 소중하다는 걸,

옆에 있어도 계속 옆에 있고 싶다는 걸,

앞으로 웃을 일이 가득하다는걸,

그대는 알랑가 몰라.

썸 타다

내가 하늘이라면
너는 그 속에서
몽글거리는 하얀 구름이다.

카페에 들려
커피 위에 올려진
휘핑크림 꼭 너 같아
참 예쁘구나.
넋 놓고 쳐다본다.

밤이 찾아와 어두워지면
나를 비추는 달이 된다.

너의 조그마한 얼굴,
귀여운 음성이 떠올라
잠 못 이룰 때

편안한 무드등이 되어 준다.

내 마음이 너를 쫓듯
너의 모습은 나를 쫓는다.

그러다 언젠가 너와 나
완전한 운명처럼 맞닿기를 바란다.

베이비

아기의 얼굴엔 그늘이 없고
호기심만 가득하다.

멀뚱멀뚱한 눈동자, 귀여운 재채기.
키득키득 삐끔삐끔 찌뿌둥.

아기의 생각엔 걱정이 없고
깨물어주고 싶은 순수함만 있다.

에잉 배고파, 콧방울 터트리며 쿨쿨.
내일은 뭐 하고 놀지?

아기의 꿈나라엔 어둠이 없고
아기자기한 동화 속 나라다.

"나는 아기 공주님이야.

뽀뽀해줘 얼른 나를 예뻐해 줘."

아기는 사람들의 기분을 좋게 한다.
부러우면서도 동경한다 .

그리고 잘 살펴보면
누구에게나 아기 같은 구석이 있다.

달래주고 어루만져 줘야한다.

내 옆의 너

조용한 새벽
공연히 떠 있는 별에게 말한다.

이대로 가는 게 맞는 걸까?
나의 삶은 잘 완성되어 가고 있는 걸까?

그래도 그래도

외로울 때 포옹할 수 있고
투닥거릴 때 있어도
나의 슬픔에 투신해 줄 수 있는 게 사랑이다.

그런 사랑 하나 있다면
별에게 말한 나의 고민은

별똥별처럼 순식간에 사라질 뿐이다.

나에게도

오래도록 봐 주면
사랑스럽게 봐 주면
활짝 필 수밖에 없는 게 사람이다.

정성스레 대하고
귀담아 들어주면
잘 알게 되는 게 사람이다.

그리고 찬찬히 조금씩
내게도 그렇게 봐주면

나 또한 꽃 피울 삶이다.

확신

너에게 소홀할까 걱정 마라.
나에게 실망 줄까 걱정 마라.
어느 날 너에게서 휙 하고
떠나버릴까 걱정 마라.

옆에 있어 보라.

네가 내게 반딧불만 한 사랑을 준다 해도
나는 보름달 마냥 되돌려 줄 테니.

잘 안단다

마음을 몰라준 게 그리도 서운한 것이냐.
생각을 안 해준 게 그리도 애달픈 것이냐.

아이고 아기 같은 입술 참 귀엽구나.
애야, 사실 처음부터 알았단다.
그 마음 누구보다 잘 안단다.

하나도 모른다고?
만날 말뿐이라고?

애야, 내 눈을 봐라.
나는 이제 눈동자만으로 너를 달랠 수 있단다.

잔디밭 위에서

푸른 잎새처럼 내게 와준 그대,
얼마나 감사한 일인가.
내 시야에 어느덧 꽃밭이 펼쳐지고
어리숙한 생각에는 온기가 더해졌습니다.
아득한 어둠은 도망가 이제는
한줄기 빛만이 나를 환하게 비춥니다.
행복의 향기는 그리 어려운 게 아니더군요.
그대는 나의 종교가 되었습니다.

당신을 그리면 걸었습니다.
당신을 들으며 걸었습니다.
무뚝뚝한 나인데,
거센 파도에도 버티는 나인데.
눈앞에 보이는 아기 꽃 하나가
바람에 떨어 감싸줬습니다.
내 두 손도 꽃처럼
떨고 있었습니다.

소원

별똥별이 보인다.
너를 좋아한다 빌었다.

별똥별이 50미터 가까워진다.
이루어지길 빌었다.

별똥별이 눈앞에 떨어진다.
심장이 살려 달라 빌었다.

별똥별은 지금 내게 걸어오는 너였다.

쓰레기통

버렸다, 자꾸 버렸다.
미움을 슬픔을.

가득 채워진 걸 보니
내게 미안하더라.

바람이 이리도 나를 쓸어간다.
띄워 보내니 초록잎 하나 똑 떨어진다.

청소부 아저씨의
주름살이 늘어갈수록

나는 산뜻해졌다.

북두칠성

가끔 저 멀리 홀로 있는 별이 된 것만 같니?
아득한 어둠에 둘러싸여 애써 빛을 뿜어대는
별이 된 것만 같니? 섭섭해하지 말렴.
꼭 그런 것만은 아닌 거란다.

너는 모르지만 너를 가슴속에 품는 사람들,
너는 모르지만 너를 보며 희망을 기도하는 사람들,
그 자리에서 빛나다 보면 별자리처럼 이어진단다.

때로는 외로움을 간직하고 어느 때는 그리움에 흠뻑 젖겠지만
그런 경험들이 있어야 진정한 스타가 되는 걸 거야.
혼자서도 반짝일 줄 아는 부러움의 별이 될 거야.

어느 날엔 한 번씩 가장 예쁜 별을 찾아 보렴.
네가 고른 별보다 분명 너는 더 멋진 별이 될 거야.

네가 오니 봄도 왔다

텁텁한 날에도
시린 겨울에도
나는 향긋해졌다.

네가 오니 봄도 왔다.

진주

어느 날엔 잊고 있던 소중함을
다시금 찾을 때가 있습니다.

사소한 기쁨들이
흠뻑 묻어날 때가 있습니다.

옆에 걸터앉은
그리움이 그렇습니다.

웃음꽃 피는
추억들이 그렇습니다.

여기까지 올 수 있었던
시간들이 그렇습니다.

그러면서도 때때로

나를 사랑해준 그 마음들을
한 움큼씩 줍습니다.

에너지

골목길을 비추는 등불,
구석구석 밝게.

어려운 길을 찾는 내비게이션,
어디든 휙휙.

열심히 달려 잠시 쉬게 해줄 휴게소,
언제든 편하게.

오늘도 내일도 그러하기를
비가 오나 눈이 오나 변함없기를.

내가 그대에게 해주고 싶은
한 가지 바람.

남겨진 말

그대가 내뱉은 한 문장이 쓰이는 건 1초면 충분했지만
그걸 지우는 덴 일천 년도 모자랐네.

한결같이

가능하다면 그대가 머무는 어느 곳에서든
나를 떠올리고 생각하며
솜사탕처럼 달콤한 나의 사랑을
자주 느꼈으면 좋겠어.

혼자 잘 때 문득 허전함이 밀려온다면
너밖에 없다는 내 말을 곰인형 삼아
꺼안은 채 잠들고

홀로 헤쳐 나가야 할 때면
너를 지켜주겠다고 한 포옹이
예쁜 소문처럼 뒤따랐으면 좋겠어.

굽이굽이 골목길에 동떨어져 있는 맛집 같은 거 말고
언제 어디서든 일정한 사랑과 안정감을 주는

나는 너에게 그런 프랜차이즈 같은 사랑을 해주고 싶어.

파리바게트

곰보빵아!
못생겨서 서럽다고?

케이크랑 피자빵에 밀려
인기가 없다고?

걱정 말렴.

나처럼 기억하고 찾는 사람은
언젠가 나타난단다.

그런 사람 한둘이면
서러울 것 없는 거란다.

어린이집

저기까지 달리기를 해
늦은 사람이 딱밤 한 대 맞잔다.

나는 운동화 끈을 몰래 슬머시 풀어
앞질러 가다 아이쿠 하고 넘어져 버린다.

바보 같다며 깔깔 웃는 너.
머쓱해하는 나.

철없는 아이 같은 장난이지만
네가 그렇게 웃는다면,

나는 평생 유치원생이어도 좋다.

감성

쓸모가 다해져 버렸다고
여겼던 것들을
다시금 필요로 할 때가 있다.

먼지가 묻은 일기장을
툭툭 털어낸다.

많이도 곱씹어
다 해져버린 기억을 꺼내본다.

이미 지나쳐버린 사랑의 버스를
정류장에서 다시 기다린다.

거듭되는 부끄러움이
나를 감싸 안을지라도

깊은 후회가 밀려올지라도
나도 모르게 끌려갈 때가 있다.

거역할 수 없는 흐름.
그것이 눈물이든 단비이든 상관없다.

내 가슴이 촉촉해지고 싶다 말한다면
그 소중한 감성들로 적셔주면 될 뿐이다 .

때론 삶으로부터
센치해질 필요도 있다.

오아시스

자꾸 가슴속에 갈증이 났다.
마치 메마른 사막 같았다.

일도 열심히 하고
운동도 꾸준히 하고
사람들도 많이 만나는데
여전히 나는 건조했다.

왜 이러지, 왜 그럴까.
한참 동안 너에게
고민 상담을 하던 중

가만히 듣고 있던 너는
갑작스레 피식 웃더니,
"하루에도 너를
무지개만큼 떠올려."

한마디를 꺼낸다.

그 사막에
오아시스가 터졌다.

사춘기

사랑을 찾으려 여기저기 살펴보고
세상을 배우려 방방곡곡 떠나 보고
취미를 가지려 이것저것 해 봤는데

다 좋더라. 허나,

설레고 싶으니,
맑게 보고 싶으니,

어른이라는 세계에

입문할 필요 없더라.

아직 남은 소년 소녀의 마음이

떠나지 말라며 붙잡더라.

지금도 빛나는 너에게

어릴 때는 몰랐지.
지금도 간간히 잊어먹을 때 있지.
내가 멀쩡히 숨 쉬고 살아가는 게
얼마나 큰 기적들이 모여 이루어진 건지 알지 못했지.
미래가 아득하고 과거가 발목을 붙잡으니
현재의 나를 살펴볼 틈이 없었지.

그렇게 살던 나.
이제 대충 챙겨 입고 길거리 돌아다닐 때
모처럼 부는 바람이, 나를 품은 자연이,
괜찮아질 때 분명히 또 온다고 속삭이고 있네.

고맙고 또 감사하고
그 어떤 꽃봉오리보다 흔들리지만
결국 가장 예쁜 꽃잎을 틔우는 게
우리의 인생이지 않으랴.

나는 몰라요, 또 얼마나 거세고 벅찬 일이 나를 찾아올지.
하지만 알아요, 분명 나는 목숨을 걸고 나를 지킬 것임을.

살고 쉬고 앉았다 다시 일어나 이겨 내고 모두가 겪는 일.
우리는 언제나 빛나고 있다.

봄과 우리

우리의 존재는 봄이에요. 슬프고 안타까운 존재가 아닙니다.

가끔 오는 시련은 삶이 고통이라는 착각을 하게 만들지만 원래부터 봄에도 꽃샘바람인 찬바람이 불 때가 있으며 아직 다 녹지 않은 눈과 얼음들도 남아 있습니다. 어느 곳이든 어느 때이든 이로운 게 있으면 그렇지 않은 것 또한 있기 마련입니다. 한동안이나 캄캄하더라도 두려워하지 않길 바랍니다.

수억 세기의 지구 앞에서도 봄이 안 온 적은 단 한 차례도 없습니다. 어린 시절 봐왔던 나비들을 기억하시나요? 음식을 싸들고 벚꽃 구경하려 북적이는 사람들을 기억하시나요? 우리는 그렇게 봄을 그리워하고 찾으며 만끽합니다. 어느 날 추위가 물러나 따스하고 생기 있는 새싹들과 생명들의 움직임을 느껴 본적도 있으실 겁니다. 소중한 사람들이 나를 찾아주고 때때로 행복한 기분을 느낍니다. 아직 더 사랑하라며 떨리는 가슴이 속삭입니다.

인생은 봄! 걱정 말고 편안하게 살아주세요.

2장

오늘도 내일도 화창한 우리

장난

너를 왜 좋아하는지
그리도 궁금하니?

이유가 없다는 걸 알면서도
그렇게 묻고 싶니?

아 한 가지 있긴 하구나.
응가할 때 힘주는 모습이 귀여워서.

사랑은 다 보여줄 필요도 없지만
그렇다고 너무 숨길 필요도 없는 거란다.

나는 우리의 벽이 깨진 그 순간이 정말 재밌더구나.

쌓이고 쌓여서

사랑하는 사람을 바라보는 눈은
1급수의 맑은 계곡보다 깨끗하다.
사랑하는 사람을 향하는 입술은
그 어떤 여배우의 입술보다 아름답다.
사랑하는 사람에게 전하는 음성은
라디오의 유머보다 더 나를 기쁘게 한다.
사랑하는 사람과 하는 깊은 포옹은
깊은 수면보다도 나를 진정시킨다.
사랑하는 사람과 함께하는 여행은
100권의 책보다도 더 깊은 교훈을 준다.
사랑하는 사람과 함께하는 일상은
가슴속에 동화보다 신비로운 집을 짓게 한다.
그리고 이러한 모든 것들이 모여
늙어 주름이 져도
지금처럼 꽃 같은 사랑을 할 수 있게 한다.

풍선 비행

말랑말랑한
말 한마디에
가슴속 풍선이 훅훅.

사소한 연락 하나에
부푼 기분이 둥실둥실.

상상만으로
생각만으로

하나둘씩
풍선이 등 뒤에
달라붙는다.

점점 뜬다.
더 높이 더 멀리 날아간다.

한참을 너라는 하늘에서
비행을 한 나는
그 어떤 하늘도 부럽지 않다.

세계 최고의
파일럿이 된 것만 같다.

콩쥐팥쥐

다 주고도 전부 해주고도
더욱 하고픈 맘이 있다.

그러고서도 모자라
또 무엇을 해줄지
여기저기 찾아다닌다.

집에 데려다줄 땐
그냥 보내기 아쉬워
싱그러운 포옹을 나눠 주고,

힘과 위로가 필요할 땐
밝고 유머러스한 목소리를 들려준다.

그러고서도 내일은 또 어떻게
주인공을 만들어 줄지 고민하겠지.

때로는 감초 같은 조연이 되어
내 사람을 빛나게 할 줄 아는 게 좋은 마음이다.

너 거기 그렇게 화창하게 있거라.
밑 빠진 독이라 해도
내가 오래도록 가득 채워 주겠다.

편하게

너는 내게 빈틈을 보여도 된다.

너의 향기를 담는 것이 나의 몫이듯
너의 울컥한 눈물을 품는 것도 나의 몫이요,

사랑하기로 했다면
그림자도 감싸 주는 거니까.

내 몫을 다하고 싶을 뿐

내게 잘 보이려 애쓸 필요 없다.

신혼

자꾸 뒷걸음질 치지 말라.
그냥 온전히 내게 안기라.

카페에서

도시에 있는 그런 카페 말고
시외에 있는 잔디밭이 있는 카페였다.

한 남자가 한 여자의 볼에 쪽, 뽀뽀를 했다.
얼굴이 붉어진 그 여자는 그 남자의
어깨를 찰싹 때리더니 뒤이어
두 팔로 그 남자를 감싸 안았다.

잔디밭 위에 한 남자와 한 여자
생명과 생명이 서로의 호흡을
나누고 있던 것이다.

잔디밭은 마치 그들의 무대였고
내가 마시던 초코라떼보다
그대들의 사랑이 더 달콤했다.

4월의 봄바람이

나를 재촉하기 시작했다.

너라는 사람 1

이유 같은 건 없다.
예뻐서?
내게 도움이 돼서?
아니, 아니. 그런 게 아니다.
그저 너이기에 이토록
사랑스럽고 귀한 것이다.
간혹 너 자신을 왜 사랑하는지 모르겠다는
마음 아픈 얘기를 할 때면
꼭 이 말을 가슴속에 적어주고 싶었다.
너이기에, 존재 자체만으로 소중하기에,
그런 시시한 물음 따윈 생각지도 말라고.
너는 항상 향기로운 꽃이기에.

너라는 사람 2

너는 새싹보다 푸릇하다는 걸,
햇살보다 포근하다는 걸,
그리고 이 세상 그 무엇보다
감싸 안고 싶은 존재라는 걸,
그저 교리처럼 따르면 된다.

호접몽

꿈에서도
당신을 위해 볼펜에 잉크를 묻힙니다.

내 마음 알아달라고.
내 진심 전할 거라고.

꿈에서도
당신을 위해 편지를 씁니다.

오늘 밤 우주로 날아가자고.
더욱 깊어지자고.

우리의 불이 하나의 촛불이 되자고.

쉼터

혼자 있을 때 외롭지 않더냐.
집에 왔을 때 작아지지 않더냐.

세상살이 언제부턴가 마음처럼 되지 않아.
슬플 때도 있지 않았느냐.

나도 안다.
털지 못할 그 힘듦을
갈피를 잃어버린 그 심정을.

힘낼 필요 없다. 마음껏 무너져도 된다.
꽃샘바람에도 피는 꽃이 네게도 있다.

다시 웃는 날이 오니,
편히 잠드는 밤이 오니,

잠시 내려놓아라.

누가 뭐래도 너는 할 만큼 했다.

거울

어쩔 때 보면 마음이 시키지 않은 일을 할 때
더 웃어야 될 때가 있다.

어쩌면 더 길쭉한 행복은 웃음을 짓고 있을 때가 아닌
무표정이더라도 마음이 시키는 대로 살아갈 때 아닐까?

그 사람

다투고 토라져도 달아나지 않더구나,
너를 좋아하는 마음이.

상처받아 슬퍼져도 눈물을 닦아 주더구나,
너를 향한 생각이.

이리도 깊은 한숨 내쉬어도
버틴 채 날아가지 않으니 말이다.

그래서 끝끝내 못 참고 터져나오는 말,
결국 '너무 보고 싶다' 이 한마디네.

자신감

결국 너와 이루어지지 못해
쓸쓸히 외롭게 걸어가던 날.
새하얀 눈꽃이
코끝에 걸려 하늘을 봤다.

무얼 그리 슬퍼하시나요?
아직 심장이 얼어붙지도 않았는데.
손바닥에 눈 한 송이
녹일 정도의 체온만 있으면
언젠가 더 사랑하는 사람을 만날 수 있답니다.

그 함박눈 펑펑 내려도
나는 뜨거운 난로였다.

무한대

어느 날 하늘나라로 가는 꿈을 꾸니
저승사자가 살면서 얼마만큼 사랑해 봤나 종이에 적으라 했소.

백지로 건네주니

벌 받고 싶은 거냐 성질내길래,

"한도가 있는 건
내 신용카드 하나면 족하오"라 말했소.

고백

아무리 얇은 종이도 모이면
한 권의 책이 되듯

어제의 나풀거리는 당신,
오늘의 흥얼거리는 당신,
내일의 기대가되는 당신,

이리도 여기저기 당신뿐인데
어찌 예쁜 이야기 한 편
안 지어지겠습니까.

매일 밤 읽겠습니다.
오늘도 새기겠습니다.

아니 평생을 옆에 두고
소중히 여기겠습니다.

나 하나만으로 당신의 인생이
베스트셀러가 되게끔 만들겠습니다.

그러면서도 계속하여
당신을 예쁘게 쓰고 또 쓰겠습니다.

내가 더 괜찮은 사람이 되기

나에 비해 너는 항상 컸다,
마치 큰 모자를 쓴 것 같이.

백조의 다리처럼 알게 모르게
최선을 다함에도

항상 부족함을 느끼는
부모 마음 같았다.

이 맘을 어떻게 채워야 하나
며칠 밤 고민하니 답이 나오는데,

그것은
나를 가꾸면 되는 일이었다.

뭐든 할 수 있어

좋은 펜션 데려가지 못해서
고급 오마카세 가지 못해서
명품 가방 주지 못해서
미안한 거 안다.

다만 내가 너의 사람인 건 미안하지 않구나.

온 지구에서 나보다 더 너를
아껴줄 수 있는 만물이 없다는 걸 장담하니까.

내가 네 옆에 있을 수 있는 최소한의 자격이니까.
나 말고 나의 애정을 믿어보렴.

너를 가졌다는 건 이미 세상에서 내가
못할 일이 없다는 거란다.

샘물

나는 우리의 이야기를 시작할 때
풋풋한 볼펜 한 자루와 같은
마음으로 시작했습니다.
이리 쓰고 저리 쓰고 고쳐 써보고
할 수 있는 건 다 해봤습니다.
하지만 어찌나 좋은지
세월이 흘러도 볼펜의
잉크가 마르지 않습니다.
지구도 때론 말라서 가뭄을 일으키는데
나는 어쩨 당신을 범람하기만 할까요?

사소한 행복 1

된장찌개에 밥 한 끼를 먹을 수 있다.
소화도 시킬 겸 걸어 나와 산책을 한다.
예쁜 꽃들을 눈에 담으며
갖가지 향기들을 코에 맴돌게 한다.
햇살이 나를 반겨 주고
달밤이 나를 안아 준다.
사랑하는 사람을 생각할 수 있고
사랑하는 사람을 좋아할 수 있다.
오늘 밤 잠들 자리가 있고
내일을 꿈꿀 수 있다.

나는 지금 살아 있다.
나는 오늘을 사랑한다.

사소한 행복 2

저 멀리 아니다.

저 뒤도 아니다.

지금 여기!

이 순간에 찾아야 한다.

진심으로

가끔은 튕길 때도 있어야 하고
초장에 주도권을 잡아야 한대.

밀고 당기기를 하며
돈부터 스킨십 진도까지,

연애는 계산을 잘해야 하는
머리싸움이라고 친구들이 말했다.

철없는 친구들의 말에 웃음이 터졌지만

나는 떨리고 싶은 거지
수학을 하고 싶진 않다 답했다.

애야, 잘 다녀오거라

아무리 어여쁜 사람도
볼 장 다 본 진한 애정도

몸이 멀어지면 옅어지기 마련.
세월이 흐르면 자칫 흔들리기 마련.

허나 처음은 있어도 끝은 없는 여정.
무덤까지 끌고 가는 가늠 못 할 심정.

80대 노인에게 차 조심하라
말할 수 있는 유일한 사람.

끝을 알 수 없는 우주
천륜 부모의 사랑.

하나하나가 쌓여서

어느 날엔 너의 미소를 사랑했고
어느 날엔 너의 향기를 사랑했다.

어느 날엔 너의 눈동자에 빠졌고
어느 날엔 너의 목소리에 빠졌다.

어느 날엔 너의 눈물이 와 닿았고
어느 날엔 너의 아픔이 와닿았다.

함께하고 싶었고
옆에 있고 싶었다.

그리고 오늘날엔
너 자체를 사랑하게 되었다.

어느 순간들이 모여
모든 순간이 되었다.

맺다

흔히 있는 사람 중에 너를,
흔히 있는 사람 중에 나를.

눈빛을 마주치니
서로를 알게 되고

기류가 흐르니
부끄러운 미소가 입술에 걸리고

몹쓸 마음
나비처럼 돌아다니니

그 흔함 어느새
특별함이 되었네.

잊지 못하여

그리도 쉽게 스며들었던 네가
나갈 때는 물들어 빠지지도 않는다.

들어올 때 네 맘.
나갈 때도 네 맘.

흔적이나 남기지 말든가,
흔적 또한 내 몫이냐.

지워지지도 않게
그리 잘해주고 떠나면 어쩌란 말이냐.

너는 가슴속에 새겨진
내 유일한 문신이란 말이다.

악세서리

애당초 무엇이든 잘 어울렸다.
환한 분위기 생기 있는 얼굴.
찡긋한 표정들.

다 해주고 싶었다.
내 마음도 생각도
오로지 너에게.

바다에서 사진을 찍을 때면
그 푸름을 담은 반지를
당장 귀여운 손가락에
맞춰 주고 싶었고,

함께 은하수를 볼 때면
그 신비로움을 담은
목걸이를 부드럽게

걸어주고 싶었다.

하지만 신기하게도
지금껏 그런 장신구들 덕에
네가 빛나는 게 아니었다.

너니까
전부 예뻤던 것이었다.

하루

사나운 폭풍도
안타까운 소나기도
그 자리에 머물지 않는다.

슬픔 또한
눈물 또한
계속되지 않는다.

새살이 돋지 않는 상처는 없다.
다만 그 잠시만 아플 뿐이다.

편하게 살아가라.
편하게 사랑하라.

새로운 해는 또 한번 뜬다.

사랑하면

승부욕이 강하고
자존심이 센 나다.

최선을 다하는 게 신념이며
그게 내가 사는 방식이다.

그런데 어느 날부터
한 번 지고
두 번 멈칫하고
세 번 물러서는데,

어떻게 너에게 겪는 패배는
이리도 즐거운 걸까?

사랑하면 져주는 사람이
승자라는 이야기가
진실이었구나.

커플

마실 나가기 좋은 날. 두 남녀가 봄 햇살을 맞으며
샌드위치를 든 채 피크닉을 즐긴다. 주위에는
꽃과 나무들이 가득하고 행복에 젖은 웃음소리 또한 무성하다.
　가만히 지켜보니 어떤 작은 꽃을 들고서 이야기
를 나누는데, 네잎클로버였다!
　행운에 대해 이야기를 나누고 있던 것이다
두 남녀는 '우리에게도 행운이 찾아왔으면 좋겠다'
'앞으로 자주 찾아올 거고 그럴 수 있게 기도하자'

손을 꼭 맞잡은 채 두 눈을 감는다. 바보들! 지금 그대들만큼
행운이 찾아온 사람이 어디 있더냐. 서로 애틋하고 마음 맞는
동반자를 찾아 이 좋은 날 따듯한 장소에서 좋아 죽는
시간을 보내는데, 참 부럽기도 하면서 질투도 나는구나.

그대들의 사랑과 인연이
이미 가장 큰 행운이란 말이다.

내 마음

따듯한 커피를 두고
차갑다 말한다면
냉커피로 생각하고 마실게요.

비 오는 하늘을 두고
날씨가 좋다 말한다면
우산을 버린 채
빗물에 젖을게요.

당신의 말을 철학처럼 따를 테요.

기뻐하는 당신의 모습에
내 목숨도 걸겠습니다.

너를 생각하다 1

요즘 들어 부쩍 많아진 고민.
사랑한다면 영원히 가고픈
맘이 생기기 마련.
항상 같이 있고 싶어도
밝은 미래만 생각하고 싶어도
나밖에 모르는 너를 볼 때면
불쑥 튀어나오는 걱정.

강한 뚝심, 자립심 같이 만약 내가 없어도
잘 살았으면 하는 바람이 고민이 된 것이다.

혼자서도 행복할 줄 알거라.
혼자서도 일어설 줄 알거라.
혼자서도 강해질 줄 알거라.

좋은 세상, 좋은 사람 다 만날 수 있으니.

그전에 혼자서도 잘 살 수 있는 사람이 되면
아무 문제없는 것이다.

네 옆에 오래도록 함께할 거지만
그래야만 내가 편해질 것 같구나.

우리 건강하게 쭉 사랑하자꾸나.

너를 생각하다 2

너의 품은 따뜻한 비닐하우스.
싱싱한 열매 같은 기분들이
내게 열린다.

너의 포옹은 마치 영화 한 편.
즐거움부터 감동까지
순식간에 느끼고 만다 .

이런저런 어려운 생각하지 말자.
이 순간을 감사히 만끽하자.

어차피 우리는 백년해로할 운명.
좋은 생각이 좋은 기분을 불러오고
좋은 기분이 좋은 날을 불러오는 게 분명.

잘 찾아보니 사사로운 걸 신경 쓰기에는

달콤한 순간들이 세상에 너무 많구나.

지금 웃어야
다음에도 웃는구나.

올인

나의 전부를 가져가도 좋습니다.

그대를 노래하는 입술도,
매일 밤 설레는 꿈결도,
하나뿐인 영혼도.

모두 당신의 것 하십시오.

다만 하루에 꼭 한 번은 환히 웃어주세요.
그 미소 하나에

나의 오늘도 내일도 모레도
오로지 당신 꽃만 핍니다.

사계

날씨가 좋으면
나를 찾아오겠다는 말.
해님에게 자주 오시라
소원을 빌었지.

날씨가 흐리면
나를 생각하겠다는 말.
잠들기 전엔
비구름이 끼라 빌었지.

그러고도 남은 시간엔
갖가지 계절을 핑계 삼아

네가 나를 더 사랑할 이유를 찾고는 했지.

인터뷰

살아 있음을 느꼈던 순간이
언제였나요?

"그 애를 처음 본 순간입니다."

살면서 희망을
체감해 본 적 있나요?

"그 애가 나를 보고 웃어줬을 때입니다."

가장 빛나던 시간이
언제라 생각하나요?

"꿈결이고 현실이고
온통 그 애한테 잠긴 시간입니다."

．

그럼 그분을 위한

마음이 얼마큼인가요?

"그 아이가 던진 조약돌 하나에도

나의 바다는 해일이 덥썩 몰아닥칩니다."

감사한 하루

잠들기 전 이불을 덮고 생각해 본다.
오늘도 멀쩡히 돌아와
밥을 먹고 깨끗이 씻은 채
잠자리에 누울 수 있으니
그 얼마나 다행인 일인가.

오늘 너는 아무 소식이 없지만
무소식이 희소식이라 하니
나쁜 일 없는 것 같아
안심한 채 너를 꿈꿀 수 있겠지.

나는 내일 또 새로운 세상을 살고
새로운 일을 겪으며 나아가겠지만
너와 나, 우리 모두 별 탈 없이
곱게 곱게 살아가기를 간절히 기도해 본다.

3장

생
각
하
다
가

그
리
워
하
다
가

꺼지지 않는

지금도 가끔 술 한 잔에 나를 녹인다 했다.
지금도 울컥 눈물이 차오를 때 있다고 한다.
도저히 참을 수 없어 전화를 걸었을 때
너의 멀쩡한 듯 밝은 목소리는 가면 같았고
점차 떨리는 음성에 확신을 가졌다.
아직도 꺼지지 않은 불씨들이 남았구나 말이다.
이리도 질긴 게 사랑이란 말인가.
밟을 수도 꺾을 수도 없는 게 사랑이란 말인가.

그 불씨에 화형당하고 싶었다.

로댕

진심 어린 사랑은

나를 희생할 줄 아는 일입니다.

나의 기분을 맑게 전환시켜 건넬 줄 알고

내 생각에 우선순위를 그에게 쥐어주는 것입니다.

믿을 만한 사랑인지 알 수 있는 방법 역시

나를 희생해 보는 일입니다.

있는 힘껏 잘해주고

온전히 배려해 보면

그가 어떤 인물인지 보입니다.

깎이고 깎이는 과정을 거쳐야

비로소 하나의 조각상이 탄생하듯

우리의 사랑 또한 다를 바 없는

하나의 예술이자 작품입니다.

정성스레 대하고

정성스레 바라봅니다.

구미호

올 듯 말 듯 아른거리기만 한다.
닿을 만하면 쉽게 사라진다.
봄볕같이 나를 녹이다가도
또 한 번 서늘한 바람 남긴다.
내게 남은 것은
오로지 애타는 기다림.
그럼에도 한 번 더 찾아오겠다 말한다면
나는 보름달 아래서
꼬리 아홉 개가 달릴 때까지

머무르고 또 좋아하련다.

찰나

바라본 것뿐인데
그대를 담았구려.

말 한마디 했을 뿐인데
참 많이도 품었구려.

착각은 자유라 했던가
그대 어느 날 눈앞에 보이지 않던 날.

엉엉 울며
있지도 않은 반지를 빼버렸네.

맴돌다

옆에 없다고 없는 게 아니다
저만치 떨어져 있어도
심장의 고동 하나까지
놓칠 틈 없다.

안심해요,
항상 곁에 있어요!
카톡 알림마냥
자주 울리는 그대.

얼마나 보고 싶었으면

하루 못 보니
너 지금 뭐 할까
창밖을 바라보며 생각한다.

이틀 못 보니
반겨줄 계획을 예쁘게 짜고,

삼 일째 되니
해주고픈 말들을 하나둘씩 적는다.

주위의 초록 잎은
너를 반겨줄 잔디.
파란 하늘은
우리가 덮고 잘 이불.

어서 와, 온통 너의 세상이야.

우리 다시 축제를 열자.

밤새 만든 하나뿐인 플랜카드.

세상 모든 공주님들에게

참 귀엽게도 태어나 지금까지도 사랑스럽다.
마음까지 꽃밭이면 어찌 안 반하고 배길까?
그대는 누군가의 전부이자 목숨 같은 사랑.

안 좋은 일 모두 물러가 좋은 일 꿀벌처럼 몰려오고
더 어여뻐질 일만 남았노니. 밥 잘 먹고 편히 자면
백설공주도 친구하자 하겠구나.

엄마 아빠

우리 애는 잘될 거예요.

모쪼록 건강하기만 하면 소원이 없겠어요.

그럼요, 당연하지요. 누구 새끼인데.

세상 모든 부모님들이

가장 많이 한 대화.

의지하고 싶을 때

나 이미 다 커버린 어엿한 성인이지만
비바람 세차게 맞을 때 마치
무서운 영화 보고 엄마한테 달려가 칭얼대는
어린아이가 되고 싶을 때 있다.

그런 날이면 저 높이 있는 별님들이
어두운 길의 가로등처럼 나를 밝혀 주시고
주위의 수많은 꽃과 나뭇잎들은
나를 감춰 주신다.

아이고, 아직도 아기네.
별거 아니야. 괜찮다 괜찮아, 애야.
나 어느덧 중년이 될 사람이지만
아직도 홀로서는 어른이 되기 무서운 것이다.

저 높은 산들은 든든한 아버지를 그려주고

어린 새싹들은 다정한 어머니를 옆에 놓아 준다.

나 나중에 늙어 할아버지 되어도
힘들고 지칠 때면 별님 꽃잎 보고
산과 새싹들 어루만지며
어린아이 될 테다.

어머니

어느덧 쉰 살을 넘으신 우리 엄마.
가끔은 목소리만 들어도
웃으시는 얼굴만 보아도
뭉클해질 때 있다.

엄마도 원래부터 엄마가 아니었다.
엄마는 언제가 시간이 흘러 할망이 되겠지만,

그 전에 살림왕 아주머니였고
가장 예쁜 시절인 아가씨일 때가 있었고
또 그 전에는 굴러가는 낙엽에도
꺄르르 웃던 한 명의 소녀였다.

그 모든 순간의 엄마를 사랑하고
고개 숙여 인사드린다.

아빠

창고 한구석에 있던 낡은 축구공,
어릴 적엔 잘 몰랐습니다.

별 관심이 없기도 하구요.

열심히 일하시는 아빠,
이제야 알겠더군요.

그 낡은 축구공은
흔해 빠진 축구공이 아닌

나를 위해 놓은
아빠의 옛 꿈이었음을.

나른한 봄날에

내 옆자리 지켜주시니
외로울 틈 없어
매일이 꽃밭입니다.

희미한 기분마저
알아주시니 안개 길에서도
자신 있게 나아갑니다.

이따금 더워진 나를 식히시는 것도 모자라
어찌 봄보다 더 예쁜 꽃잎을 틔우십니까.

새살이 돋는 계절에
소중한 오늘에

그대 생각에 뒹굴 수 있어
하루하루 바쁩니다.

나는 어쩌면 사랑에 빠진

백수가 되고 싶은 것일지도 모릅니다.

행성

내게 진정한 사랑이란 무엇일까 묻는다면 이렇게 답합니다.
'안 좋을 때 더 빛을 발하는 사랑'이라고.
사랑뿐이 아닌 어떠한 관계에서도 해당되는 말인 것 같습니다.

좋을 때는 누구나 잘하지만 그러지 못하는 위급상황에서
우리는 그 관계의 본질을 체감할 수 있습니다.
내가 눈물을 흘리고 있음에도 그 사람의 눈물을 먼저 닦아주는 일.
화가 치밀어도 사운대는 바람처럼 그를 토닥이는 일.
화살이 날아와도 감싸 안은 채 기꺼이 등을 내줄 수 있는 일.
진정으로 그를 위하는 마음이 없으면 쉽지 않은 일입니다.

그대가 내게 그리 해줬음을 이제는 압니다.
그 덕에 사랑이 깊어져
그대와 똑 닮은 마음을 가질 수 있었습니다.

우리 그 모습 그대로 빛나지만
여느 때 찾아오는 시련 앞에서도
더욱 찬란한 별이 되길 바랍니다.

아날로그

길거리에 자주 보이던 공중전화.

지금 보면 촌스러운 패션과 음악들.

추억이 떠오르는 오래된 애니메이션.

옛날 감성, 옛날 세상.

가끔 되돌아가고 싶을 때 있다.

세상은 많이 변했고 편리해졌지만

그때의 나 왠지 지금보다

더 순수한 사랑을 했을 것 같다.

가슴속에 맺힌 말을 필사해요.

"너를 두고 흘린 눈물을 세어 보니

무한대도 금방이었다."

보고 싶다

기억이 괴롭힌다.
미련이 둥둥 떠다닌다.

왜 잊지를 못하는지
거울 앞에 섰더니 이젠 좀 알 것 같다.

그대 앞에 있던 나보다
더 밝게 웃는 나를 본 적 없기 때문이다.

새로운 소원

나를 두고 떠난 그날.
너무 사랑했다. 쓰러져 엉엉 울었다.

밥 한술 안 넘어가 네가 나의 세상임을 알았고
앓다 못해 아린 심정은 보고 싶단 말로는 턱없이 부족했다.

욕도 하고 멀쩡한 척 살아봐도
사랑의 모든 순간 속에는 아무것도 아닌 순간은 없었다.

허나 폭풍도 한 세월.
느리게 변해가는 풍경들을 몇 차례 보고 나니
따끔한 시간도 가끔 오다갈 뿐.
원망스럽던 햇살 녀석이 이젠 새로운 세상을 그리라며
도화지와 펜을 쥐어준다.

무작정 무언갈 그려가는 내 손은

김밥이 담긴 도시락을 그린 채

그 밑에, 좋아하는 사람과 벚꽃놀이 가고 싶다 적었더라.

벚꽃은 지고 후두둑 떨어질지라도

또 한 번 곱게도 피더라.

향수

너의 집 근처 개나리 꽃밭에
내 마음 흩뿌리고 왔다.

오다가다 꽃향기
코에 맴돌거든

내가 너를
생각하는 줄 알아라.

빗소리

가는 소나기
굵은 장마가 되어가는 걸 보니
나와 똑같습니다.

가는 소나기
굵은 장마가 되어가는 걸 보니
그칠지 모르겠습니다.

가는 소나기
굵은 장마가 되어가는 걸 보니
조심히 가슴에 손을 얹습니다.

내 한구석 그대 덕에
홍수 난 것처럼
모두 젖어버렸습니다.

나를 위해서

같은 '사랑해'를 두고도
누군가는 감격스럽겠지만
섭섭한 사람에겐 무심한 말로 들립니다.
길을 헤매는 나그네에겐
지도가 되어주는 감동일수 있지만
짜증이 난 사람에겐
와닿지 않을 수 있습니다.

무엇을 보는지가 아니라
어떻게 바라보는지가 중요한 것 같습니다.
미운 아이 떡 하나 더 주듯
모난 곳도 자꾸 예쁘게 봐주면
그 대상뿐이 아닌
나에게도 싱그러운 꽃잎이 활짝 핍니다.

똑딱 똑딱

우리에겐 서로가
자랑이자 전부야.

기쁜 소식
가장 먼저 전하고 싶었지?

속마음 제일 먼저
말하고 싶었지?

소중하고 가끔 생각하면
눈물이 핑 돌지?

나도 너와 같단다.

우리에겐 서로가
때가 되면 따르릉 울리는
알람 같은 존재야.

기쁨

애기하고 싶을 때
만날 사람이 있다는 것.

종종 나에게
연락 오는 사람이 있다는 건
참 좋은 일이다.

정말로 외로운 사람들은 타인이 관계에
귀찮음을 느끼는 모습마저 부럽다.

가끔 울리는 핸드폰에 기대를 머금고
확인해 보지만 다를 것 없는
광고 문자에 실망도 한다.

진정한 친구를 찾으려 애쓸 필요 없다.
깃털 같은 가벼운 관계일지라도

웃으며 수다 떨 수 있고 공감할 수 있다면
더 바랄 필요 없는 것이다.

나를 반겨주는 그 사람.
나와 대화가 통하는 그 사람.

그런 사람 한 명쯤 있으면
삶은 참 달가운 것이다.

바람

어느 날 계약서를 보고
조그만 소망이 하나 생겼다.
세상 다 내 뜻대로 되지 않고
여러 가지 일이 있겠지만
내 삶에 한 명쯤은
아무 이유 없이
아무 조건 없이
나를 필요하게 하소서.
마치 때가 되면
자연스레 마주치는 계절처럼.

좋은 사람

좋은 술을 어정쩡한 사람과 마시는 일보다
고작 자판기 커피 한 잔일지라도 가장 좋은 사람과
얘기하며 마시는 게 더 좋았다.

많은 시간 아무나와 보내는 일보다
작더라도 가장 좋은 사람과 시간을 나누어
가지는 것이 그렇게나 좋았다.

좋은 사람은 아무리 잘해줘도 부족한 법이다.
마주 앉아 있는 것만으로
그의 호수에 깊이 잠영하고 싶은 마음이다.

다만 그런 사람을 두고 계산을 하고
욕심을 부리는 일은 나중에 후회를 안게 된다.
그를 위한 마음을 혼자서만 간직하지 말자.

내가 좋아하는 사람이 나타나는 건 쉽지 않고
그 마음 오래가는 건 더 어려운 일이다.
오래도록 감사히 여기자.

내가 좋아하는 사람이란
몇 겹의 세월의 기쁨보다 두터운 것이다.

계단

사랑 받기만을 원한다면 하수.

사랑 퍼 주는 걸 즐긴다면 중수.

둘 다 잘한다면 초고수!

관심

세상에 아무 이유 없이
혼자 피는 꽃은 없어요.

자연과 친구 되어
사람과 인연 되어 피는 것이죠.

그렇다면 저 바다는
어떻게 핀 꽃일까요?

세상의 모든 눈물 받아주니
그리도 크게 핀 꽃이겠죠.

바닷물이 짠 이유도
그 때문이겠지요.

사람

여러 사람을 만나다 보면
집에 와 잠들기 전
가슴 한구석에
불편한 가시 몇 개쯤
걸려 있기 마련이다.

따끔거리기도 한다.

나를 대하는
사소한 태도 하나에
기분이 금세 상해버릴 때 있다.

하지만 나도 언젠가
그럴 때 있지 않았을까 생각해보면
가시 두어 개쯤은
빠지는 법이다.

짝사랑

반 박자 빠른 감정에 덜컥 체하기도 일쑤.
매일 밤 열병이 들끓고

거친 심장 박동으로 콜록대는 내게
밑 빠진 독인 그대는 콩쥐의 심정을 배우게 했다.

허나 까막눈의 스승처럼

가슴속에 사랑을 일깨우니,
조금 더 깊어지고 싶으니,

이런 시시한 고통쯤은 얼마든지 앓아도 좋았다.

봄

매끄럽게 뻗은 길 앞 표지판에
새로운 시작이라는 문구가 살랑거리고

멍든 마음에 새살이 돋아납니다.

그대 내게 와 마른 가지에 벚꽃 잎을
활짝 피워 우수수 핑크빛으로 시야를 물들일 때

그때를 봄이라 부르기로 하였습니다.

오작교

진도를 나가고 싶습니다.

가깝게 다가가 나를 느끼고
당신을 데우고 기댈 수 있게.

일탈이라 불리어도
조금 섣부르게 침범할 수 있게.

책임을 글자가 아닌 현실로 투영하고
행복을 노래가 아닌 진실로 재봉하고

수평선 위에 차오른 달을 보며 간절히

당신 마음과 진도를 나갈 수 있게.

말은 쉽다

너 없이도
잘 살 수 있다, 나는.
엄지를 치켜세운다.

나 없어도
잘 살아라, 너도.
주먹을 쥔다.

혼자서도 잘 사는
올빼미처럼.

가만히 있어도
사랑받는 강아지처럼.

그러면서 내 두 손
네 손 잡고

뇌주지 않는다.

말처럼 쉽지 않다.

오케스트라

쩡긋한 표정, 나풀거리는 향기와
모방 불가한 성격, 특이한 취향부터
모르고 지나칠 수 있는 여린 흉터까지.

꽤나 까다로운 음악이다, 당신은.

그러나 이제는 눈 감고도 연주할 수 있다.
몇 겹의 세월을 사랑한 곡이니까.

다만 언제부턴가 엇박자가 난다.
애처롭고 구슬픈 소음이다.
어울리지 않는다.

그럼 난 더 이상 관객이 아닌
지휘자로 함께할 테니.
믿고 내려놔도 된다.

당신이 제자리를 찾을 수만 있다면

천벌을 받을지언정

베토벤의 악보라도 훔칠 것이다.

누군가는 나를 사랑했다

상처는 받은 것만 남지만
사랑은 했던 것만 남는다.

나조차 내 사랑은 줄줄 읊으면서
나를 앓았을 누군가의 사랑은 알아주지 못했듯이

꿀 없는 꽃 같았을 내게
얼마나 갈증을 느꼈을까.

미안했다, 그 애여.
속없이 활짝 피기만 해서.

가로등

껌뻑껌뻑 졸고 계십니다.
누군가를 지켜보셨던 거군요.
생각하다가 그리워하다가 이렇게까지,
아니 내 생각이 틀렸네요.
당신이 비추는 의자에 아직
체온이 남아 있습니다.
더 예쁘게 보려고
더 밝게 해주려고
힘을 다 쓰신 거였군요.
당신은 이리도 말라가면서까지.

오늘부터 우리는

꽉 쥐고 있던 욕심을 펼쳐
온 세상에 보이니,

다른 그림 찾기보다
같은 그림 찾기를 하니,

매 순간 폭발하던 오디오의 볼륨을
몇 칸 낮춰 나지막이 재생하니,

그것은 너를 사랑하면서도
나를 사랑하는 유일한 문학.

꿈보다 아름다운 감탄.

첫사랑

부모님 덕에 걷는 법을 알았다.

선생님 덕에 세상을 습득했다.

친구들 덕에 감정을 깨우쳤다.

삶은 배움의 연속이었다.

그러나 그대만큼은

유일하게 독학이 필요한 문제였다.

너의 유혹

저기 바다 위에 있는 벼랑 끝까지,

그 애는 사정없는 풍속으로
나를 몰아붙였다.

꿈결이고 현실이고 휘청이던 내게
그 애가 뛰라며 눈짓을 한다.

아득한 바다 멎을 듯한 수심.
오감조차 숨을 고르지만

그것도 잠시, 이런 사랑에
망설인 내가 미워지니

눈을 질끔 감고 저 산산이 부서지는
파도와 함께 침몰하기로 했다.

세계 일주

푸른 잎처럼 순수한 미소
아직도 가지고 있구나.
자주 다니던 서점
지금도 이 동네에 사는구나.
너는 모르는 이 울컥한 마음,
너를 좋아하며 시를 쓰고
아파하고 변해갔지만
딱 하나 그대로인 건
너에 대한 감정 하나뿐.
간혹 사람들과 내 이야기를 한다지.
그래 어느 때라도 스친다면
내 사랑 바람이 되어
온 세상 여행하겠지.

비가 오는 날엔

차분한 회색빛 하늘 아래
저마다의 무언가를 적시는 소리는
이따금 마음이 듣는 클래식일 테죠.

축축이 젖은 감성은 그대를 띄우기도
스며들어 나조차 비가 되게 하는데,
잠겨도 좋으니 쏟아지라 재촉합니다.

주르륵 떨어지는, 쏴 하니 내리치는,
톡톡 튀는 각기 다른 빗방울의 굵기는
사랑하는 그대처럼 나를 애태우는데

장마라도 내렸다간 뛰쳐나가
온통 맞아버릴 것 같습니다.

당신과 마시는 커피

같이 커피를 마시는 그대가 내게 물어요.
어느 카페의 커피를 제일 좋아하냐고.

사거리 앞 커피는 씁니다.
어린이집 옆 커피는 달고요.
공원 맞은편 커피는 싱겁습니다.

내게 딱 맞는 커피를 찾기 힘듭니다.
그런데 오늘부로 찾았습니다.
그대와 함께라면 맹물도 맛있는 라떼가 될 거 같아요.

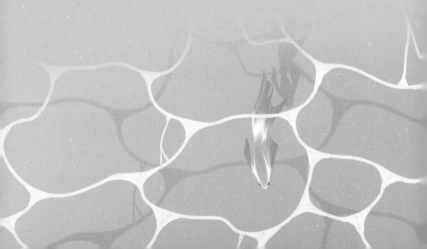

4장

우리 모두를 사랑해요

사랑에는 여러 가지가 있단다.
예쁜 사랑, 식은 사랑, 아직 하지 못한 사랑.
우리 모두의 사랑은 자연과 똑같단다.
벼락이 칠 때도 위험한 재난이 올 때도 있지만
그 외에 민들레꽃 한 송이 같은 밝은 사랑도 있지.

그러나 우리에게 가장 중요한 건
건강한 사랑임을 꼭 전하고 싶단다.
다툴 때 있고 슬플 때 물론 있겠지만
아무리 아프더라도 건전한 아픔을
기쁘더라도 건강한 기쁨을 누렸으면 좋겠구나.

다 이겨내고 견뎌낼 수 있다.
시간이 약이라는 말은 틀림없다.
다만 마음이 건강하지 못한 사람은
나를 잃어버리게도 한단다.

왜 할아버지 같은 낡은 소리만 하냐고 묻는다면
할 말 없지만, 세상에는 정말로 곱고 어여쁜 사랑이 많으니
지금껏 네가 겪었던 사랑이 전부가 아님을
일러두고 싶을 뿐이다.

사랑, 참 예쁘고 좋은 것이다.
그러니 건강하게만 마음껏 사랑하라.

휴양림

어릴 적부터 소꿉놀이 하던 여동생들,
이제는 어떤 사람을 만나야 하는지 묻습니다.
자기네들 딴엔 아리따운 여성이 되었다고 해도
아직 내 눈엔 아이들 같은데 말입니다.

곰곰이 생각하다 말을 꺼냅니다.
마음이 건강한 사람을 만나길 바란다, 애야.
화려하고 보기에만 예쁜 조화 같은 사람 말고
가슴속에 풀꽃 한 송이 정도는 기르는
사람이면 좋겠구나.

아기자기한 행복들을 옆에 두어라.
잠시 틀어져도 모두 제자리로 돌아온단다.

그저 너희가
맑은 이슬 같은 투명한 사랑을 하길 바란다.

극복

그래. 잘했다, 잘했어!
요즘 들어 한동안이나 울상이더니
이제야 낯빛이 단정해졌구나.

아직 개지 못한 마음 남아 있을 테고
때때로 멍해질 때 있겠지만
또 한 번 그렇게 어여쁘게 피거라.

힘든 인연 매정히 털 줄 알아다오.
힘든 사연 밟고 일어설 줄 알아다오.
나중에 보면 그리 어려운 일이 아니란다.

저기 활짝 핀 민들레, 네가 웃을 때까지
숨죽인 채 기다리고 또 기다렸다구나.

안부

잘 지내고 있느냐.

잘 사는 거 특별할 것 없다.

밥 잘 챙겨 먹고 운동하고 잘 자면 된다.

오늘 산책하는데 다람쥐가 제 몸을 쓰다듬더구나.

그럼 그럼, 스스로를 사랑하는 일.

하루에 꼭 한 번은 해주려구나.

길몽

꿈속에서 신과 같은 존재가

가장 사랑스러운 꽃을 찾아오래서

빨간 장미며 하얀 백합이며

다 갖다 바쳤더니

전부 아니라고 했다.

도무지 정답을 모르겠어서

곰곰이 생각하다

혹시나 하는 마음에

수줍게 "혹시, 나?"라고 말해 보니,

그걸 모르는 사람이 너무 많다며

한마디 내뱉고 유유히 사라졌다.

말

다음 사람을 위해
편의점 문을 잡아두고 있었는데
기분 좋은 소리를 들었다.

"감사합니다. 좋은 하루 되세요."

운전을 하던 도중
상대방의 실수가 있었는데
화가 사르륵 녹는 소리를 들었다

"죄송해요. 다음에 커피 한 잔 사드릴게요."

그래, 나도 받은 만큼
예쁜 말을 널리널리 퍼트려야지.

"얼굴색이 참 좋으십니다."

"앞으로 다 잘될 거예요."

"행복하세요, 오늘도 꼭."

내가 뱉은 사소한 말 한마디.

몇 바퀴 돌고 돌아 다시 나한테 되돌아온다.

독서

책들이 많아요.
종이 향기에 편해지는 기분을 느낄 때가 잦습니다.

활자들의 이야기가 들려오고
예쁜 제목들이 눈앞에 아른거립니다.

당신과의 일들을 계속해서
읽어가고 싶어졌어요.

부디 나만의 서점이 되어주십시오.

마지막 한 사람

그대 호수에 열 사람, 백 사람,
헤엄친다 해도 괜찮습니다.

폭우라도 내리는 날엔
모두 뛰쳐나올 테니까요.

허나 나는 물속에서 기다릴게요.
그대 힘듦 전부 마를 때까지.

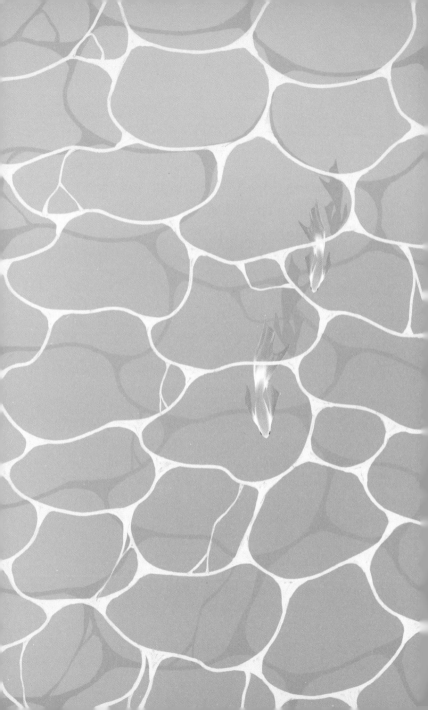

자유

많이 사랑한다. 애틋하게 여긴다.
그러므로 언젠가 내가 지겹거든
지구 한 바퀴 돌고 와도 된다.

좋아한다. 모든 모습 좋아하니,
내게 감정이 생기지 않거든
나를 더 이상 사랑하지 않아도 된다.

허나 내게서 사라지거든
어느 날 슬피 울지 말아야 한다.
웃으며 사는 게 나에 대한
마지막 예의일 테니.

그러다 가끔 잠들지 못한 새벽,
쓸쓸함이 불현듯 찾아온다면
너를 토닥이던 손길을 떠올리며

천천히 눈을 감고 다음 날 일어나선
깨끗이 잊은 채 잘 살아가길 바란다.

언제든 나의 사랑을 빌릴 수 있음을 허락한다.

관심

오랜만에 만난 새끼 참새.
짧뚱한 머리, 볼록한 배.
내 손바닥 위에 올라와
모이를 잘도 먹는다.

아이고 아이고, 예쁘다.
참으로 귀엽고 신비롭다.
머리를 부드럽게 쓰다듬으니
힐끗 보더니 눈을 꿈뻑거린다.

너도 사랑이 필요했구나.
그건 나도 마찬가지다.
언제든 다시 오려무나.
너에게 줄 따스함을 한가득 남겨 놨으니.

모이만 한 애정에도

서로를 가질 수 있는 것이
사랑이었다.

내리사랑

놀이터를 볼 때마다 떠오르는 사람, 여동생.

술래잡기하자 조르고 공기놀이하자 들뜨고,

갖가지 놀이거리를 가져와 지기라도 하는 날에는 삐져버리던 여동생.

"힘들지 않니? 조금만 쉬자"라는 말이라도 했다간

곧바로 소꿉놀이 속 마님을 모시는 마당쇠로 만들었던 그 아이.

그러던 그 개구쟁이 아직도 놀이터에서 논다.

다 자라 어른이 되었는데도 말이다.

지금도 그때처럼 즐겁니? 그런데 조금 힘들어 보이는구나.

여동생을 보며 놀리고 장난을 친다.

자기 같은 아이들 열댓 명은 데리고 다니는

유치원 선생님이 되어버린 것이다.

애쓰는 거 알지만 더욱 맑아진 얼굴 참 보기 좋다.

예쁘게 받은 사랑 많은 이들에게 되돌려주니 말이다.

사랑은 원래 받는 일보다 주는 일이 더 행복할 때도 있단다.

텔레토비

소중한 건 지켜주고 싶은 거라 얘기했다.
그럼 소중한 것들 중에 가장 지켜야할 건 뭐냐고
아이들이 물었다. 나는 "나 자신과
주위의 사람들 생명이지 않을까?" 답했다
그러고선 한 꼬마에게 넌 무엇이 가장 소중하니 물으니
"아이폰이요!"라며 당당하게 외쳤다.
아직 어려서 아무것도 몰라서 그렇다는
생각은 들지 않은 채,
복잡한 계산과 잡념 하나 안 섞인
그 순수한 당돌함에 반해버렸다.

저 순수한 시절에 나는 과연
무엇이 가장 소중하다 말했을까?
지금의 나와 과연 무엇에서 차이가 날까?
왠지 나는 나에서 너로 대상만 바뀌었을 것 같다.

띵동

하루에 몇 번이나
내가 네 마음을
건드리니?

나는 잘 때까지
네 생각이
초인종을 누른다.

무음

내가 부르는 노래,
나의 그리움, 여행과 편지.
어쩔 때 사랑이란 단어가
적혀있지 않을 때 있다.

그럼에도 너 내 옆에 있고
나도 네 옆에 있다.
항시 고운 실타래처럼 연결되어 있는 것.

사랑이란 말 없이도
너를 사랑할 수 있다.

음소거

함께 거닐던 거리,
함께 머물던 장소.
그대 없이 혼자 오니
웃다가도 문득 씁쓸해진다.
머릿속은 그대의 모습을
마음속은 그때의 감정을
그리고 알 수 없는 기분은
공허한 메아리를 친다.
한동안이나 소리 없는
울음을 녹이지만
그대 내 앞에 나타나기 전까진
닦이지 않을 것 같다.
그렇게 한동안이나 조용하다.
이내 소리 없이 사라져버린다.

공원

누구에게나 쉼터가 되어주는 너.
아무런 대가 없이 그 자리 그대로인 모습.
참으로 다행인 건 외로울 틈 없어 보이는 것.

풀, 나무들 머물고
강아지, 고양이 뛰어놀고
기쁜 사람, 힘든 사람,
저마다의 사연 다 풀어놓고 가게 하오니
고맙지 않을 수 없다.

차가웠던 삶
따듯한 숨결 내쉰다.

괜찮습니다

평화로운 하늘을 믿고
옷차림을 단정히 하고 새 신을 신고 나갔지요.
따사로운 햇살 푸른 잔디들
전부 내 편이었고 완벽한 날이라 생각했지요.

그렇게 잘 준비를 하고 나갔건만
아차 싶어 밑을 보니
새 신이 진흙탕에 빠졌지 뭡니까.

인생은 아무리 준비를 완벽하게 했다 해도
한 치 앞도 알 수 없는 게임이더군요.
하지만 하늘을 탓하기도
내 자신을 나무라기도 싫었어요.

이마저도 하나의 추억일 뿐인
내 아름다운 인생의 일부라 말하고 싶네요.

자연에 흠뻑 젖고 온 하루.

상쾌한 마음과 기분들, 찾아오는 행복들.

신발 한 짝쯤은

언제든지 던져줄 수 있겠네요.

오늘 날씨 밝음

쏟아지는 햇살
그 옆에 맑은 하늘.

꾀꼬리 소리 들으며
자라나는 여린 새싹.

다들 밝게 밝게
웃으며 살자 춤을 추니,

슬픔 어느새
붙잡을 틈 없네.

감기

너무 사랑한 죄.
뒤돌아서지 못한 죄.
바라만 보다가
눈물만 흘리다가
한겨울 마른 나뭇가지 되었네.
나 여기 그대로 있다.
보이지 않아도 보고 있다.

콜록거리는 가슴 한편
시린 몸살은 달게 받을 죗값이겠지.

현명한

나를 슬프게 하면
위로해주던 너를 떠올릴게.

외롭게 하면
함께한 시간을 추억할게.

화나고 섭섭하면
우리의 사진을 펼쳐볼게.

그리고 네가 늙고 주름이 졌을 땐
똑같은 모습으로 옆에 있어줄게.

장면

많이 떠오르나 봅니다.
많이 앓으셨나 봅니다.

모기가 왱왱거려도
쳐다보지도 않으십니다.

그 사람이 더 가렵나 봅니다.

성장통

놓았지만 한 번 더 붙잡고 싶은 게 있다.
쓰린데 보고 싶은 사람이 있다.
넘어졌어도 다시 움직이는 날 있다.

내가 회복되는 과정이라고
나비가 날아와 말했다.

장마

친구와의 술자리를 가졌다
소주 몇 잔에 시시콜콜한 이야기들이 오갔다

이제 현실만 보고 살아야지. 헤어지는 것도 별거 없더라고.
차라리 후련하기도 하고. 다툴 일, 서운할 일, 귀찮을 일도 없으
니까
이별, 이 두 글자만 진작 극복했으면 지금처럼 훨씬 더 행복
하고 좋았을 텐데. 뭐 하러 그렇게 사랑에 매달렸는지 몰라.
이제 그 애 이름조차 기억 안 나.

말을 마치자 친구가 입을 열었다

왜 네 눈물로 술잔을 채우고 그래. 그리고 거짓말이나 치니까
코 빨개지는 거 봐. 넌 이제부터 별명이 피노키오다.

친구의 말을 듣자 눈에서는 한 번 더 갑작스러운 빗물이 쏟

아졌고

　이윽고 빗방울은 장대비가 되었다. 그렇다 내 삶의 동화같은 이야기는

　그 사람의 저서였고 애타는 그리움만이 안주로 허락됐다.

　끙끙 앓아가며 읽어가는 페이지는 술보다 더 날 만취하게 했다.

　이제야 알겠더라 술잔이든 눈물이든 마음이든

　한동안이나 마를 날이 없었다는 걸.

　너는 잠시 내리다 그치는

　소낙비가 아니었다는걸.

축복

오늘 하루를 살아가는 당신 예쁘다.
버텨내고 이겨내는 당신 멋있다.
이유 없이 당신 사랑스럽다.
나는 보인다, 당신을 향해가는 빛이.
나는 느낀다, 당신이 잘될 것 같은 확신을.
이유 같은 건 몰라도 된다.
사람에게 꽃이 피는 건 원래 이유가 없다.

마실

들리는 웃음소리
저 멀리 시냇물 소리
녹음되어
귓가에 들려오고.

보랏빛 밤하늘
그 옆에 달과 별
가만히 응시하니
눈앞에 풍경을 칠해 주고.

좋은 생각 고운 생각

잔잔히 떠오르니

오늘 하루 편안하게 마감한 채 잠든다.

나는 내일도 열리는

너라는 장터에서

또 어떤 보석들을 담아올까.

파랑

그 아이가 물었다.
무슨 색을 가장 좋아하니?
주저 없이 파란색이라 답했다.

이유는 별다를 것 없었다.
설득이 필요하지 않아서.

파란 바다에 파란 하늘에
짙푸른 은하수에 의문을 가져본 적 있니?

나는 어쩌면 마음을 뻥 뚫어버리는 그런

압도적인 쾌활함에 반해 버린 것일지도 몰라.
만약 내가 다음 생에 벽으로 다시 태어난다면
맑은 파란색을 칠해 줘.

그 어떤 배경보다 든든한 포토존이 되어줄 테니까.

#BLUE

호수

그대에게 내가 푹 잠길 수 있었던 건,

호감이 가는 잘난 얼굴도
눈에 띄는 아름다운 자태도
여유 있는 뛰어난 능력도 아닌

있는 그대로 나를
사랑해 준 모습 때문이에요.

나의 주전자엔

우리 모두에겐 주전자가 있는 것 같다.

저마다의 선을 넘으면 부글부글 끓다가도

사소한 행복에 금세 시원하게 식기도 한다.

그러면서도 재밌는 건 주전자가 텅 비어 있을 때도

심심한 맹물만 들어있을 때도 있지만

내 마음을 간지럽히는 사람을 볼 때면

인삼 넣고 대추 넣어 정성들인

차 한 잔을 대접한다는 것이다.

오늘 너를 보고 집에 와서

주전자를 열어 보니

보약이 한가득 담겨 있었다.

감당할 수 없을 만큼 말이다.

언제든

정글의 뱀을 잡는 건
땅꾼이지요.

사람 뒤통수를 치는 건
사기꾼입니다.

그렇다면 나는, 나는,
무엇일까요.

아직도 벚꽃의
개화에 흔들린다면

나는 언제든 다시
사랑할 수 있는 사랑꾼입니다.

우주

그 사람을 얼마만큼 좋아하냐고?

글쎄, 너 음악 자주 듣니?

세상에서 네가 아는 이별 노래를 다 뺀 만큼

딱 그만큼 좋아해.

정류장에서

함부로 고개 숙이지 마오.

당신의 얼굴을 보지 못한 하루는

시 한 편도 쓸 수 없습니다.

온전히

잠시만 아주 잠시만
곁에 있을게.
너를 보며 진정될 때까지
함께 있을래.

왜 그러는지 묻지 않아도 돼,
아직 내 심장이 대답할 수 없다 말하니.

안고 있는데도 더 안고 싶고
보고 있음에도 더 보고 싶고.

저 멀리 홀로 빛나는 조명 하나와
그걸 보고 나방처럼 달려드는 내 발걸음.

토닥이는 너의 손길 조금만 느끼고
이내 졸고 있는 나의 헝클어진 머리칼을 쓸어줄 때

그때 비로소 혼자 일어나 제자리를 찾을게.
오늘 밤은 그러기를 약속해 줘.

가끔 그런 날 있잖아,
사무치게 사랑하고 싶은 날.
오늘이 그런 날 같아.

희망

어떤 사람이 가장 좋니?

매력적인 외모와 분위기를 풍기는 사람.
코미디가 필요 없는 유머러스한 사람.
같이 캠핑을 가 텐트를 치고 함께 모닥불을
바라보고 싶은 사람.

모두 옆에 있었으면 좋겠지만
내게 1번이 될 수 있는 사람.

나는 도둑 같은 사람이 좋아,
언제나 나를 욕심내주는.

내가 좋아하는 사람은 어떤 사람일까?

삶

잘하는 게 없어도 된다.

내세울 게 없어도 된다.

특별한 게 없어도 된다.

너는 무언가를 증명하기 위해 태어난 것이 아니다.

다만 행복해져라 그것만이 그대의 의무이다.

전진

막상 하면 후련하고
후회하지 않지만

그걸 알면서도 또다시
그 순간이 오면 수백 번은 고민한다.

그냥 하자.

머리가 나를 붙잡기 1초 전에만
몸을 일으켜 시작하면 된다.

나로 살기로 했다

하고픈 말 있어도
조금은 남겨두고 삽니다.
절제된 마음이 언제나
편안함을 불러일으키니.

성급해질 때 있지만
기다림을 받아들이기로 합니다.
인생의 모든 톱니바퀴는
적절히 잘 굴러가고 있으니.

상처받고 외로운 마음
애써 붙잡지 않습니다.
저 멀리 풀어둔 채 할 일 하고 살면
어느 날 더한 기쁨을 물고 오기에.

모든 순간에 여유를 가집니다.

그러한 이유로 자유를 가집니다.

그리고 결국엔 진정한 나를 가집니다.

현명하게

너무 계산하고
손쉽게 상처받는
요즘의 우리.

너무 쉽게 틀어지고
배려와 이해가 서투른
조금은 이기적인 사랑.

세상 모든 어여쁜 사람들아.
조금 더 크게 보고
조금 더 중요한 걸 보았으면 좋겠다.

끝없는 치열함과 곤두선 예민함에

나의 소중한 나날들을 낭비하지 않았으면 좋겠구나.

편견과 오만함에 빠진

하수가 되지 말자.

잡초

여기저기
미움을 받았다.

사람들에게
깎이기도 했다.

그래도 일어섰다.

하도 스스로를 아끼고
사랑하다 보니.

여름이 그를 사랑해 줬다.

작은 거인

살면서 비참해질 때
한두 번이 아니다.
내게 필요한 건 자그마한 위로.
사람에게 상처받고
세상에 버림받아
눈물 글썽이며 저 위에 달님 볼 때
발밑에 어린 새싹
내게 기대어 작은 잎으로
토닥여줬다.

오늘도 사랑스러운 그대

봄, 여름, 가을, 겨울.

그중 그대에겐
봄이 가장 길었으면 좋겠습니다.

누군가를 사랑하기도
누군가에게 사랑받기도 할 그대.
언제나 자신을 가장 예뻐했으면 좋겠습니다.

혹시 어느 날 인연이 되어 마주본 채로
시간을 나누게 되는 날 가슴속에 간직한
꼭 해주고픈 말이 하나 있습니다.
그대가 최고라고 엄지손가락 치켜세워
진심을 전하고 싶습니다.

달빛만 가득한 새벽 잠 못 이룬 채 눈물 흘리는 날이 있어도

너무 힘들어 마십시오. 해가 몇 번이고 바뀌는 걸 보면
신비로운 마법 같은 변화가 일어나 어느새
화창하게 다시 잘 살아가는 나를 볼 수 있을 겁니다.

그대가 있어 나는 봄과 같은 시를 쓸 수 있었습니다.
그대는 내 일생 가장 향기로운 봄을 주었습니다.
고맙습니다.

사랑합니다. 세상에서 유일하게
봄보다 사랑스러운 그대.